# MORTE PRETENCE

## NEPAL CRIME FILES

## SUMEET KUMAR

Copyright © Sumeet Kumar
All Rights Reserved.

## SUMEET KUMAR

**Sumeet Kumar** , A adult who experinences many phases of love in his life , get broked many times , stands up everytime and keep moving to the next phases of life. In reality he is a writer as well as singer (as a hobby). Very exciting and interesting fact about him is that he is author of new era i.e. he starts his journey of writing at the age when he was going to school to get the study. His some famous works i.e. Maturity Of Love (Genre :- Stages Of Love) , Privacy For Dream (Genre : - Middle Class Family Life Style), Army Squad Of Love (Genre :- The Seperation Of Army Love), 5 Days Of Love (Genre : - Affection and Love) , The Endearment Of Love (Genre :- Historical Era of Love) , Social Destruction Indo Pak (Genre :- The Story Of

The Love At The Time of Division of India and Pakistan) , Middle Class Soul (Genre :- The Dreams of Middle Class ) and Many More are available on the Official Sites of Amazon, Flipkart, NotionPress and Google.You can buy the books from there. and also visit on instagram @bookhub92

# Contents

# Acknowledgements

Aman kumar

Special Thanks to Aman Kumar who worked so hard in the preparation of this book. He has continually put with my passive voice , omission of words and late night calls. You have been wonderful. Thanks to him for his precious time and reviewing proposals , individual chapters and Early Drafts , along with his suggestions on the applicability of the material to the world.

# ONE
# EXHAUSTED PAIN

Enter Caption

""

kuch dard aishe hote hai zindagi mein jiski yaadeion hame jeene tak nahi deti ,kyunki vo hamare jehn mein ish kadard mashoor ho jati hai ki waqt aane per hamari mehfil bhi ush apna mann baithne ki gusthaki aksar kar hee deti hai ,kuch yaaadeion ke sahare hee ham jeene ki koshish bhi karte hai per jab vhi yaadeion jehar jaishi lagne lage toh ham bash unse durr jane ki koshish karte hai ,aksar jishe bhulne ki bagabat karte hai akhir mein vhi hamari zindagi mein ek khwaab bann kar samne aati hai , kuch parde raheshya per ho toh theek hai warna waqt ke sath uski cahat ushe durr karne ke liye kishi aur ke hisse mein hamesha tabhai hee lekar aatia hai ,maloom toh nahi hote per uski baahein kabhi chain seh sone tak nahi deti .

kayi raateion kaati hai tab jakar ek aishe savere ki khawish jaha per khud ko khushnaseeb manta hun kyunki na toh aab vo chau hai ush pair ki aur na hee muraad ush taalab ki jiseh dekh kar bhi ham apni pyaas nahi bhuja sakte hai ,matlab kabhi socha nahi tha ki umar ke sath jimmedaariyan bhi badhegi aur ye jimmedaari kuch ish kadar shi hoi ki mujhe kishi aur ki zarrorat paregi khud ko sambhalne ke liye ,khud ki majbooriyan aur dukh dard ko jahir karne ke liye ,sayad galat tha kuch waqt ke liye ,kyunki jo sapne maine dekhe thhe ushe lekar vo kabhi sach thhe hee nahi hai ,usne mujhe ye sikhaye ki akhir ek rishte ko cahe kitna bhi kyun na bacha lo ,khud ko uske samne kitna bhi neecha kyun na gira lo vo kabhi juddne nahi vale ,aishi baat nahi ki m,aine koshish nahi ki thi ,ki thi bahut kii thi ,per akhir mein harr gaya mein ,uski baateion ke samne ,uski fidrat ke samne ,vo janti thi ke mein uske bina jee nahi sakte kyunki mard hun na jahir toh harr barr karne ki bash aadat shi ho gayi hai aur khud ko rauku bhi toh kish tarah rauku ,uski har vo khushi mujhe aaj bhi yaad jo mere hisse mein aakar mujhe barbaad kar jati hai ,jo chhot ,ye jo jhakm banabati mile hai vo toh theek ho chuke hai per jo fidrat naayab shi hai aur sacchi hai ushe bhul nahi pa reha mein ,sayad koi galti ki jogi ,sayad ushe apna kar khud ke wajood ko mein khud seh durr karne ki koshish bahut pehle hee kar chuka aur waqt bhi nacheez kuch aishi muraad hai mere hisse mein ki iski talab kitni bhi kyun na kar lun ,meri kismat mein ye mujhe utne hee milegi jiski kadr na toh mere hisse mein kuch khaas hai aur na hee bahut badi ,dard ki khairat itni lambi hai ki ushe theek karne ke liye ek janm kaffi nahi hai mere hisse mein hai ,samja ki baateion seh yeh lagta hai ki mere dard ki kahani kuch khass nahi kyunki ye toh ek mamuli shi cheez hai per namuraad unhe ye baateion kaishe samjhayun ki jo mere aandar tutt gaya hai vo koi juddne vali cheez nahi hai aur na hee iskikoi dava hai aur na hee sajde mein nkoi dua jo kabool kar le ishe , aishi baat nahi hai ki akhiri waqt mein ushe samjhane ki koshish nahi ki thi ,per ush saksh ko koi fark hee nahi parta mere wajood seh yeh mere jeene aur marne ki khawish seh ,matlab pagal tha mein ush ek saksh ke liye jiske liye tajmahal ki itte toh nbanva di maine per kabhi vo makhbara bana hee nahi paaya jishe dekkh kar uski ruhh mere behad kareeb ho jati hai ,umar pakki thi meri per uske chale jaane ke baad nadaan sa bann gaya tha ,baccho ki tarah rota tha ushe yaad karke ,jab bhi bimmar parta toh ushe dhuhdta ,uski taalsah mein har roj uski gaaliyon mein jakar ushe taalashta phir bhi uski ek jhalak mein dekh nahi paata ,sayad kismat ke sath bhu kuch khass rihte bann gaye thhe mere yeh uski talab bhi mujhe aur dard dene ki kuch khaas nahi thi ..

jab uski baahon meri baahon seh durr jaane ki rehmat kar chuki thi tab ush waqt uski nafrat ne ye sareaam purri mehfil mein ye jahir kiya tha ki mein matr ek jariya tha uski khamoshiyon ka ,ushe mehfooz rakkhne ke liye ishq ki nahi ek aishi insaan ki taalash ho jo ushe tuttne ke baad ish kadar behissab pyaar kare ki kabr uski saji aur baarat uski nikli ,aur sayad sajde mein uski dua bhi kabool ho jati agar waqt ki aagaz ne sath na diya hota , aaj jo bhi mein kehna ja raha hun ,na toh ye kishi tarah ki biommar hai ,aur na hee koi dukh dard ,per jo bhi behad zarrori hai ,mein gender aur sex attraction ki baateion bilkun nahi kar raha ,bash mein itna cahta hun ki meri likhawat kishi aur kismat ki likhawat na bann jaye ,sayad kuch logg honge jinhe meri baateion pasand na aaye per behissab apne hathon seh jish kalam seh meri likhawat aaj en gore kagaaz mein likhi jayegi vo amar rahegi ,baat rishto ki hai hee nahi ,bagabat ki hai ,ham cahe kitne bhi sarif kyun na ho jaye ,hamari zindagi ham sab kishi na kishi ek aishe saksh seh zarror milte hai jo hamari khushiyon ki har chadar khamoshiyan ke ran seh bhadhne mein kamayaab hote hai ,bash aab aur nahi sayad aab vo waqt nahi ,aur na hee vo irade samne aane vale hai ,kyunki dhoke toh kahi mile hai kishi ki mohabatt mein per ham itne bhi pagal nahi ki maut samne ho aur ham jashn banane ki himmat rakhe ,jungle ka shr bhi kuch pal ke liye ishliye sant rehta kyunki vo janta hai ki bahaduri seh hee har jung nahi jeeti jati hai ,buddhimaan bhi sarvesresth kaam aati hai kishi ko hassil karne ke liye yeh waqt aane per kishi jung ko jeetne ke liye .

waiseh jung ki sururaat toh ush din ho gayi thi jish din usse pehli baar mulaqat hui thi , sambhal nahi paaya tha khud ko kyunki husn ke parde bhi kuch ish kadar seh meri aankheion per par gaye thhe ki sab kuch jaan kar bhi ushe apnanen ki koshish kar baitha tha ,umeed nahi thi ki kuch aisha bhi ho jayega ,matlab sab kuch kho chuka tha ush ek pal mein ,milne ki khushi aur uske chhod jaane ka gam ek hee pal mein sab kuch khatm ,mein soch hee raha tha ki kahir kiya kya hai maine pehle ye batayo ?kyun koi kami reh gayi hai mere pyarmein ? sab kuch toh bata diya tha tumhe aab kaun shi aishi khawish hai yeh irade hai jo tumse chupaye hai maine sajde mein jo bhi mila sab kuch jahir kiya ,cahe vo meri khushiyan ho ye mere gam ,mohabatt ,raqam ,irade ,ijjat shiddat ,tumhe sambhalna ,tumhari parvaah karna ye sab toh kiya maine , phir kyun? akhir kyun ?.........

aishi baat bhi nahi hai ki tumhare jaane ke baad mein khud ko sambhal nahi paaya ,yeh khud ke dard durr nahi kiya maine per jo tutt gaya tha ushe jodu kaishe ,meri mohabatt bhi ushi aayne ki tarah thi tumhare liye ,jisme meri har vo sachai jahir ki jo tum dekhna cahti thi ,phir achanak seh jab ush tukde hua na toh bhul gaya ki mein kaun hun ,kyun hun ? wajood mita chuka tha khud ka ,waqt ke sath vo jhakm aur bhi gehre ho gaye thhe sayad ush waqt hee sambhal jaane chaiye tha jab tumhare so -called dost ke liye tumhari fikr mujseh behtar thi ,sayad samajh jaan chaiye tha ki aab rishte kacche ho chuike hai bilku ush matti ke dher ki tarah jo kabhi bhi tutt sakta hai ,agar mein apne lafzon mein kuch keh raha hun toh chinta matt karna kyunki mein apni seema janta hun ,mard hu na toh ek pita aur ek jeevansaathi ki kadr bhi manta hun ,tum chinta matt karn aishi koi chhot bani hee nahi na hee koi dard ki riwayat bani hai jo tumhare hisse mein aakar mein ushe mashoor karne ki gusthaki karu ,jish waqt tumhe alvida kaha tha ush waqt seh hee tumse behissab nafrat ke badale tarash aa raha tha tum per ki kaash mein mila koi aur nahi ,har kishi ki seema ek jaishi nahi hoti aur na hee ek jaishe aadarh hote hai , ham mard toh hai per paanj ungliyon tarah ki thodi hoti hai ,,khair mein na toh devdas hun aur na hee mere pass chandramukhi aur paaro hai ,mere liye sirf tum thi aur tumhare aage kuch bhi nahi

,per ye zindagi bhi tumhari mohabatt ki tarah mere hisse mein kuch raas nahi aayi ,mohabatt toh isse bhi behad ki thi per sajde mein isne bhi vhi bewafai dikhayi jo tumhari mehfil mein hamne bahut pehle hee mahasoosh ki hai ...

khair kuch khwaab adhure chood kar ja raha sayad kuch hissab seh likh raha hun ,maine apne hisse mein tumhare liye bhale hee kuch bhi nahi kharida per waqt ke sath dusro ki gandi najron seh tumhe bachane ki behad koshish ki hai ,bhale hee tumhari mohabatt sachhi na ho mere hisse mein per maine phir bhi ushe nibhane ki sajish ki hai ,aur manta hun ki meri majbooriyan ko tum seh nahi sakti ,tumhe ek aaram shi zindagi ki taalash thi per mein tumhe de nahi paaya ,waqt ke sath tumne vo juthi mohabatt toh dikhayi thi per naadan tha ishliye samajh nahi paaya ,sochta hun ish sehar ko chhod kar kahi durr chala jaayun ,jaha na toh tumhari yaadeion ho aur na hee tumhari vo jutthi hashi vo bhi mere sath ,khair maine toha kaha ki tum mujhe sambhal nahi paayogi ,kyunki jo saksh pehle seh barbaad hai ham ushe sambhal sakte hai aabad nahi kar sakte ,meri har ek ladai mein maine tumhe har waqt kuch kaha hai per mujhe chhodne seh pehle ye toh soch liye hote ki jo baateion maine kahi hai vo tumhare hisse mein hee mujhe mil hai ,durr reh kar bhi tum mere halat nahi samjha sakti kyunki jab kareeb tha toh baateion toh hoti thi per lehze ki khwaihs kuch khaas nahi thi ,tumharejaane ke baad khud seh ladna sikh liye ,per chinta karo kabr per meri likhwat ke samne tumhari likhwat kabhi nahi akhir kar mere khud itan bhi jutha toh nahi jo apne bande ki dur bhi sajde mein kabool na kare , agar mer hisse mein dard ki riwqayat dikhi ho toh maff karna kyunki maine toh purri shiddat seh ushe nibhane ki koshish ki thi per ssayad nibha na paaya ,khair waqt ke sath meri yaadeion ko toh tum yaad bhi nahi karoge ,per sayad jishe din tumhara dil tuttega ,tum bhi ushi mehfil mein aayogi jaha tumne mujhe kaid kiya tha ,khair akhiri safar meri zindagi ka kuch khwaab thhe mere ma baap ke jo tumhari mohabatt ki wajah seh purri na kar saka ,aishi baat bhi nahi hai mere khud itna jutha hai ki kabr per baithi meri ruhh ki dua bhi na kabool kare ,per tumhe pata hai jaate waqt bhi meri khawish bash itni shi hai ki tumhe marne ke waqt bhi ushi laal jode mein dekhu jiski khawish mein maine khud ki chita jalai hai ,khair ye khel kishi aur ke sath matt khelna ,kyunki har mard ek jaishi nahi hote ,bash khud ka khyal rakhna aur agar meri mrit yaadeion tumhe pareshaan kare toh sochna ki ek aisha bhi ladka tha meri zindagi jishe tumhare husn seh nahi balki tumse mohabatt thi ,vo tumhe sambhalne cahta tha na ki khud ko ,tutt kar bhi usne vo aasyun un aankhein seh pee liye jiski seema sagar mein pehle seh hee dubbi thi ,kuch likha hai tumhari yaadeion mein ho sake toh lehze mein dil ki saaf najron seh mahasoosh karna mohabatt bhale hee sacchi na ho tumhari per meri kabr ki thodi ijjat karna ....

"

**DEKHO
BAAT AISHI
HAI
KI TUMHE
5 RESTURANT
KA
KHANA TOH
NAHI
PER APNE
HATHON
SEH BAN
KAR**

*DAAL*
*CHAVAL*
*ZARROR*
*KHILAYEGE*
*BADA BADE*
*MALL SEH*
*KAPDE*
*TOH NAHI*
*PER SUIT KA*
*EK JOORA*
*ZARROR*
*DILAYEGE*
*AUR*
*MERI JAAN*
*LOG CHAAND*
*TAARON*
*KI BAATEION*
*KARE HAI*
*HAM TOH*
*TUMHARE*
*LIYE*
*PURRI*
*RAATEION*
*HEE*
*KHARID LAYEGE .....* "

# TWO
## THE DAY OF HELL

Enter Caption

kuch raste aishe hote hai jo dikhte toh saaf hai per unki manjil hamse behad durr rehti ,matlab maine kabhi scoha tnahi tha ki jish zindagi ko mein janna manta hun vo toh asliyat mein ek narg hai ,bhachpan ki jab seema paar ki toh javani mein aur jab uski seema par karne laga toh aishe chakkar mein para jiski ahosh mein apni sarrio khushiyan ish kadar luta di maine ki aab hisse mein sirf rakh bacchi hai ,jish saksh seh bhi mulqat hui sab ne yehi ki naadan ho apni raste tabhi banane ki koshish karna jab tum uske kabil bann jayon ,per sabne sirf samjhaya mujhe per kisi ne yeh jahir hee nahi ki chalte kaishe hai ye mere sath chalne ki na hee kishi ne gusthaki ki ,din ki tarah sham ki vhi parchai bash andhre ki jahalk dhundli khwaab ki tarah hamre mehfil mein raat ki jhalak dikhati ,yeha kishi ki bhi zindagi sadhran bilkun nahi ,sab ke ek khwaab ek cahta hai ,ek norr hai vo bhi aage badhne ki ,kabhi socha nahi tha ki zindagi ushi ke khwaab ki tarah reh kar jayegi jiske spane bachpan mein dekha karta tha ,ye ishq hai kaun shi cheez samjah hee nahi paya aaj tak ,jiske liye maine har vo raste tay kiye jo kaate seh bhare thhe ,aur jab ush manjil per ja paucha toh usne ye kaha ki tumne ye kadam uthaye hee kyun mere liye ?

jab zindagi ko jaane ki talab thi toh samjah hee nahi paaya ki akhir hoti kya hai yeh ,per jo bhi syllabus seh bahar hai itna pata tha ,kaffi koshish ki ishe jaane ki per jab bhi iske kareeb gaya isne har baar mujhe harne ki riwayat ki ,shiddat toh ki kuch aishe bhi raste tay karunga jo mujhe kamyabaab banaye per ush ek sakhs ne un rasto per bhi ek aish rahh banayi jisne sirf meri manjil ko hee nahi balki mere rsihte bhi ghumrahh kar diye , waiseh apni pechaan seh aap sab ko durr toh nahi rakhna cahta per wajah hee kuch aishi hai ki apne dard ko chupna nahi sakte ,jahir karna cahta hun en panno ke sahare aur khud ko aap sab seh waqif bhi ,waiseh mere naam **SAMEER AFZAL PANDIT** hai ,ish naam ki pechaan bhale hee do dharmo alag dharmo ki parchai dikhegi per kay kare sachai hee kuch aishi hai ,mere abbu jaan ek bramhan seh hai aur vhi meri aami jaan ek muslim parviaar seh hai ,inke raste itne alag thhe ki inki mohabatt hamesha adhuri rehti agar ye khud ki mohabtt ke liye nahi ladte ,inke parivaar ne aur unke parivaar ne bhi gooliyan chali thi per inke kadam kabhi ruke nahi ,na hee inhone ek dusre ka sath chhoda ,matlab koi itna pyaar kaiseh kar sakte vo bhi aaj kal ke yug ,dhramo seh ladai kar li vo bhi ek dusre ko panne ke liye ,waiseh meri kahani HIMACHAL seh suru hoti hai aur mere khwaab meri aagan seh ,bachapn seh padhne ka bada suakh tha ,ishliye hamesha padhai mein aage raha ,duniya ki baateion toh ush waqt samjah hee nahi aati thi ki vo kehna kya cahte hai ishq ke baare ,kayi baar maine iske baare mein suna hai ,per kabhi ishe apni talab nahi banayi ,kyunki umar bhi us waqt kaanch ki tarah thi agar thoda bhi dabab dete toh tuut jati ,aur upar eh akelapann mahasoosh nahi hota tha kyunki mere liye ammi aur abbu ka sath hee kaffi tha ,kabhi aishi bhi zidd nahi ki mere abbu purra na kar sake aur kabhi aishi bhi khairat hisse mein maangi nahi ki meri ammi mujhe lakar na de ,waqt ke sath sab kuch tha meri zindagi mein ,mein sambhal kar apne raset chal raha tha jaisha ki mujhe sikhya gaya tha ,na toh ek kadam idhar aur ne hee ek kadam udhar bash seedhe ,per kehte hai manjil sirf seedhe rasto seh nahi banti ,kayi dafna lautna bhi parta ush manjil seh agar raste seedhe bane ho toh ,per maine toh soch liya tha ki mein kabhi en rasto per nahi chalunga ,per jo sochte hai vo kabhi hota hee nahi ,akhir science iske baare mein kya kahega ?khair science jo bhi kahe iske baare mein per mein itna zarror janta hun ki agar en rasto per ham ek baar chalne ki koshish karte hai toh ye hamara hath kabhi nahi chhodte aur vo ishliye nahi chhodte kyunki inki fidrat hee hame tabah karne ki hote hai aur sayad mujhe ye fidrat mili thi ,aur jab mein iske kareeb gaya tho ye pehle toh naayab thi mere liye per waqt rehte iskei aadat lag gayi mujhe ,auar ye nayaab cheeez mujhe tab mili jab maine apna graduation puura kiya ,matlab ush waqt tak ishq naam seh anjaan nahi tha bash karna nahi cahta kyunki raste hee kuch alag thhe mere ,sapne bhi kuch alag thhe ,per kehte hai jishe cheez durr bahgne ki ham koshish karte hai vo hame baar -baar unhi rasto per lekar jaati hai , hamare college mein ladki thi jo behad cool thi ,matlab sarre ladke ushe pasand karte thhe ,aur kahi na kahi mein pasand karta tha per kabhi kehne ki himmat ishliye nahi hui kyunki uske peeche pehle seh kayi logg pare thhe ,matlab pura college para tha vo bhi filmo ki tarah ishliye maine usse kabhi kuch kaha hee nahi ,himma hee nahi thi kehne ki sayad , ishliye vo bhi ek khwaab ki tarah meri zindagi mein aayi aur chali gayi ,abbu mujhe hamesha samjhate thhe ki en cheezo mein kabhi matt parna ,ush din ek baat samjah aayi ki jish talim ki ilm mujhe bbbu de rahe vo ek tarah seh sahi hee hai kyunki mujseh pehle hee vo en cheezo ko mahasoosh kar chuke hai ,waiseh ishq mein bade lafde hote hai ye maine sirf suna tha ,per dekha tab jab meri mulqat ush ladki seh hui jsihe mein janta bhi nahi tha ,matlab ha ham anjaane thhe ek dusre ke liye per jab ek dusre seh mile toh pechaan bann gayi waiseh uska naam AACHAL tha ,pehle ham mile ? aab ye matt puchna ki kaiseh ,jaishe sab milte hai bus,train ,tourist place ,yeh kishi resturant ke bahar ,pub parties aur bhi bahut kuch , sururaat mein baateion hui ,phir ham aache doste bann gaye ,phir ziondagi ki sururaat matlab vaat lag gayi thi jab iski sururaat hui jishe relationship kehte hai ,matlab soch tha ki kya hai ? matlab kaun shi maaya hai jisme 10 baar calls ,kayi messages ,aur ek din mein kayi baar aldna ,matalb jab anjaan thhe toh aishi ko dikkat hui hee nahi per jab seh ham ek dusre seh mile toh pareshaniya bhi badh aur halat bhi hath seh bahar nikal gaye ,ushi waqt meri mulaqat ek aur saksh seh hui jo mujhe samjhati thi ,meri baateion sunti thi cahe vo kaishi bhi kyun na ho ,agar sach kahu toh sayad hamre beeche kuch iahs atha jo kishi ke sath nahi tha ,per ye bhi ek maaya mujhe ye baat kaha pata thi ? matalb kayi signal mile thhe per kehte hei ish mein logg .... bann hee jate hai ,mein bhi bann gaya tha kuch der ke liye ,sab kuch bhul kare yeh tak apne rishte bhi jo apne thhe ,apne dost ,unke sath ghumna fhirna ,har baat per gussa hona ,chhoti -chhoti baateion ladna apne seh chhote per hath uthana aur bhi bahut kuch , ush waqt **AACHAL** seh itna durr ho chuka tha ki usi yaadeion hee nahi aati thi ,kayi baar usne call kiya per maine kabhi uthaye hee nahi ,ye **HIMACHAL** ka seedha saada ladka kishi ke ishq mein kab badal gaya pata hee nahi chala aur jab khabar hui ki behad durr aa chuka hun toh lautne ki koshih ki per kabhi lauta nahi ush manjil seh , waiseh jissemeri mulqat vo socila networking vali ladki thi ,matlab pyar bilkul probablity ki tarah hai bhi aur nahi bhi ,ho bhi sakte aur nahi bhi ho sakte hai ,per maine kabhi socha hee nahi ye aishi bhi kuch hoga ,phir seh vhi hua ,hamne pehle baateion ki der raat tak ,usne mujhe apne baare mein kuch batya aur maine apne baare mein sab kuch bata diya ,phir kamjooriyan mili ,usne milne bulaya aur jab mein gaya toh vo vha aayi hee nahi ,matlab kitni simple love story hai na ? bilkul bhi nahi ,jab mein usse milne gaya tha toh maine uska inteezar sirf ek din nahi kiya ,do din nahi kiya ,jish jagah usne mujhe bulaya tha mein lagbhag ek hafte tak vhi tqah ushe dhund raha unhi vaadiyon mein ,waiseh vo vaadiyan bhi kamal ki thi jiski ahosh mein ush wara para ,tha ,sadke , naaliayn aur bhi bahut kuch thi nekhne ke liye ,upar seh ammi jaan ki baateion aur abbu jaan ki tabiya aur apne parivaar ki chinta ,aur ammi jaan ke kuch sabd bhi jo unhone mujseh kahi thi , ki tu apne ish ke liye sirf apni kaum oko chhod kar ja raha hai ,apne rishte bhi todd kar ja raha ,per tujhe zara bhi andaaza hai ki agar vo na mil toh lautteh waqt kya teri kaum yeh tera parivaar sath rahega ? vo toh kal ki aayi ladki hai kya vo tere sath nibha payegi ? jish tarah hamne tujhe sambhala hai kya vo sambhal paygei

? agar ha toh chala ja mein ruakegi ki nahi tujhe agar nahi toh khud ko sambhalne ki koshish karna ........

sayad ek baar hee sahi per unki baat dhyan seh sunn leni chaiye thi ,kyunki jish saksh ke peeche mein ja raha tha uska toh koi wajood hee nah tha ,aur jab vapas lauata toh khud ke wajood ke liye ladd hee nahia paaya AACHAL seh ilne gaya tha per uske didar ki ek jhalak bhi na dikhi ,aishi baat nahi thi mujhe talab usse judne ki bash jo khoya tha hisse mein ushe lautana cahta tha vo bhi khud ko ek aishi qafas mein daal kar jiske har ek fidrat seh mein naajn tha ,khai raste bhale hee burre ho per raste hee hote hai aur mohabatt kitni bhi jutthi kyun na mohabatt hee hoti hai ,aur syad ek taraf hee sahi per hisse mein mili thi mujhe vo bhi mere liye kishi aur ke liye ?

**"ISHQ**
**EK AISHI**
**VAISHYA**
**HAI**
**JISKE**
**DHARM**
**KI NA**
**TOH**
**KOI**
**PECHAAN**
**HAI**
**AUR NA**
**HEE KISHI**
**MOHALLE**
**KI YE**
**BEWAFA JAAN**
**HAI**

*BASH*
*FARK*
*TOH ITNA*
*HAI KI*
*YE LOGGE*
*KO*
*BARBAAD*
*TOH KARTI*
*HAI PER SAALI*
*WAJAH*
*NAHI DETI........."*

# THREE

# THE ORIGIN OF CRIME

Enter Caption

## 8 MONTHS BEFORE ....

iski sururaat bahut pehle hee ho chuki thi maine ye pehle bhi jahir kiya per kish cheez ki sururaat hui hai iske baare mein maine kuch bhi nahi kaha hai ,khair jo bhi baateion hai bhale hee ek raheshya ki tarah hai per uski sachai waqt ki vo fidrat dikhane vali jiski har ek kalpana ush dard seh hokar gujarti hai ,jo meri haqqeqat bhi hai aur ek khwaab bhi ,maine zindagi ko khud ke bhavishya ko kabhi mahatv nahi diya ,matlab ghumna phirna ,aur doste ke sath chill karna bash yehi zindagi thi meri ,ush waqt parivaar ke khwaab ishliye nahi dikhte thhe kyunki papa ne kabhi mujhe vo mahasoosh hee nahi hone diya ki akhir mein hun kaun ? sehjade ki tarah rakhte thhe mujhe vo aur meri ammi jaan mujhe toh apna khoinaar manti hai ,mein apne ghar mein sabse bada hu per ishe aehsaas karane ke liye bhi meri chhote bhai -behan ne kabhi mujhe ye nahi kaha ki aap bade ho ish ghar ishliye apko hamari jimmedaari leni hee paregi ,jab pehli baar gradutation purra kiya tab ghar mein sab khush thhe ki unka bada beta aab kamayaab ho gaya hai ,apni padhai jo purri kar le usne ,phir bhi logg tanne ishliye dete hai kyunki degree hote hue bhi mujhe job mill nahi rahi thi ,ishliye ek waqt ke baad maine bhi koshish chhod di ,per iske baad bhi mere parivaar ne mere sath nahi chhoda ,ush waqt ek aishi manjil per jaha mein khud ke wajood ko dhundne ki taalash kar raha tha ki mein hun kaun ? aishi baat nhi thi ki ghar ke halat dikhte nahi thhe ,papa ki vo gande maile kapde aur unka kaam karna vo bhi mere liye ,aishi bhi baat nahi hai ki apni aami jaan ke vo kohinoor jaishe aasyun nahi dekhe ,per ek pal ke liye sab mahasoosh hota tha per agale hee pala sab bhul jata tha ,itni barbaad kam nahi thi meri mehfil mein ki ush khuda ne mujhe ush saksh seh bhi jald hee muqabli kar diya jiski soch aur khairat ek jehar thi mere liye ,kehne ko toh meri pehli mohabatt aur sayad aakhiri barbaadi thi per kuch theek seh keh nahi keh sakta ,ham pehli baar ek social networking site ke through mile thhe ,matlab hamari pehli mulqat vhi hui thi ,waishe ush social networking site ka naam bada ajeeb tha ,sayad mein aab bhul bhi chuka hun per **"SYCONT"** naam seh thi ,jab ham pehli baar mile toh ham ek dusre ke liye bilkul anjaane thhe ,eyeh tak ki hamare naam bhi anjaane thhe ke dusre seh ,use naam ki sururaat jaha **OEGA** seh hoti vhi meri **LAVORD** seh thi ,vha kayi log ek dusre seh baateion karte thhe opper vo khud ki pechaan bata nahi sakte thhe iske peeche bhi ek raaj hai ? pehle toh kuch din baateion hui hamari jaiseh ki sab karte hai ,phir usne dosti ka htah badhaya ,phir kuch hee din ye cheez mohabatt mein badal gayi ,mere liye ye ek tarf thi ,kyunki jo iske baad mere lage thhe ,na toh mein ushe kishi ko bata sakte tha aur na hee himmat thi kishi ko kehne ki ,jo ladke apne ghar mein 10 minute seh zyda rukta nahi tha aab vo din bhar ghar mein rehne laga tha ,vo bhi apne dosto seh durr ,apne parivaar seh durr vo bhi ek alag duniya mein sab ke hote hue bhi .

mein ush waqt khud ko samjhane ki koshish bhi nahi karna cahta tha ,bash khud ko uski baateion ke sahare sukoon aur talab ki vo cahta dena cahta tha jishe log sympathy ke naam seh bhi jante thhe ,har din ek alag juth ,har din ek alag baat aur uske baad uska daatan phir pyaar karna phir baateion karna ,per usne kabhi sachai mujhe nahi batayi ,ha ek din batayi ki mere naam **SHRUTI DESHMUKH** hai ,aur mein ek **ARTIST** hun ,baat toh waiseh sahi kahi thi usne ,mein hee galat tha jo uske kehne per bhi uski fidrat ko apni aankheion seh pechaan nahi paaya ,har baar usne vo sachai dikhane ki koshish ki per maine kabhi uski baateion per bharosha hee nahi kiya , mein ush waqt ek aishi nau per savar tha jiske dono taraf pani nahi balki rakh thi vo bhi barbaadi ki , vhi pagalpaan ,raat bhar baat karna ,kishi ki baateion na suna ,khane per dhyan na dena ,kishi seh acchi tarahs eh baateion bhi nahi karna ,ghar ke halt ushi ek ishq ki qafas mein kab bhul gaya pata hee nahi chala .

janta tha ki galat hun kahi na kahi per kabhi ish haqqeqat ko apnya hee nahi ,ammi ne kayi baar kaha tha ki ek anjaan sakhe ke liye bhale hee tum ani kaum ko chhod rahe ho per itna dhyan ki kayi vo kaum tumhe na chhod de ,kyunki ek insaan jab ishq mein tutta thhe hai na toh vo kaum hee ushe apnati hai ,toh kishi ko itni bhi taqleef matt do apne wajood ke sahare ki vo tumhare kabr per baith kar bhi tumhe ush waqt apna keh sake ..

sayad unki baat mann leta ush waqt toh ish kadar khud jalil na hote purri mehfil ke samne ,aur agar baateion rishto ki karu toh kuch khaas nahi raha unke liye un sab ke baad jo maine kiya tha , lagbhag teen mahine lagataar baat karnek baad ek dusre ko apne baare mein batene ke baad hamne ye socha ki hame milna chaiye per usne vo jagah kabhi batayi hee nahi jaha vo rehti thi ,matlab ussne mujseh juth kaha tha ki vo DELHI mein rehti hai ,ishliye tumhe yehi aana parega mujseh milne ke liye ,sach kahu toh uske kehne ke baad mein bada beitaab ushe samne seh dekhne ke liye ,yeha tak ki maine sarri taiyaariyan bhi kar li , mein jaane ke liye purra tayar tha ye bina dekhe ki ere parivaar ko ush waqt meri zarrorat thi ,ammi jaan ne jaane seh pehle mujhe rauka tha kyunki papa ki tabiyat ush waqt bahut khrab chal rahi thi per maine unki ek nahi suni aur ush saksh seh milne chla gaya jiski wajood ki har ek kahani juth ke sahare tikki thi .

mein ush ghar ki chaukath chhod kar chala toh gaya tha

per sayad ye umeed nahi thi ki jish chaukath ko mein ush din chhod kar gaya tha ,ush chaukath ki keemat mein kabhi ada nahi kar sakta vo bhi ish zindagi mein ,kitne khwaab dekhe thhe ush pita ne apne bete ke liye ,kitna khush tha vo ,per maine kya kiya apne papa ke liye ,unhe ek aishi dard ki riwyat di maine jiske kaate aaj bhi bhi chubte hai meri en aankheion mein ,kaash durr ho jata hai ,kaash mein kabhi waqif hee nahi hote ush saksh seh jisne meri zindagi ek aishi kalam seh likhi thi jiski kahani bhi ek talab thi marg ki .....

khair usne mujhe jaha bulaya tha mein vha gaya bhi ,kaffi der tak uska intezarr bhi kiya ,din seh sham aur sham seh raat ho gayi lagbhag do din ho gaye thhe ,na hee kuch khaya tha ,aur na hee kuch piya tha ,ammi ke kayi missed calls aaye thhe per himmat nahi tha ki unke calls utha kar ye bolu ki ma maff kar galt ho gayi hai ,jishe nau mahine apne per mein apne pala vo toh apke hote hue kishi aur ki rakhvali karne nikla ,apke rsihte bhale hee bhul chuka hun ammi ,per aap seh behad mohabatt hai ,apko kabhi bhul nahi aa sakte aane ki koshish karu bhi toh kaishe karu ? kishi tarah seh apni najre apse mila payunga ?

khair soch toh bahut pehle hee liye tha ki aab nahi lautunga per abbu jaan aur ammi jaan ke cehre bhul nahi pa rha tha mein ,bash unhi ka khyal aa raha tha ki vo kaishe honge ,ishliye na cahte hue bhi mein apne sehar laut aaya ,per vo chaukath ish baar anjaani thi mujseh ,yeh sayad mein anjaan tha usse ? sab kuch bhikra hua tha ? meri mohabatt ,mere rishte aur mera parivaar bhi ....

jab ghar vapas lauta toh ghar mein koi nahi tha ,maine agal parosh mein pucha bhi toh kishi ne javab nahi diya ,aisha lag rha tha ki meri khud ki kaum mujseh durr ho chuki hai ,ruth gayi hai ,mein kaffi pareshaan tha ki akhir hua kya hai ? koi mujhe batyega ? maine ush waqt kayi baar bhatka per meri parivaar ki khabar kishi nee mujhe nahi dii ,mein kaffi beichaan ,ush waqt mein kya mahasoosh kar raha tha vo mein hee janta tha ,mere aashiyane ki har ek deewar ush waqt khamoshiyan ki qafas mein kaid thi ,mein ush waqt bahut kuch soch rha tha ,per aitraaz kabhi kuch kehne ki himmat hee nahi hun un deewaro seh ki mein galat tha mujhe maff kar do aur mujhe phir seh apna lo ? itni hee der meri mulaqat apne hee ke dost AKSH seh hui ,maine jaiseh hee ushe dekha ,maine sabse pehle apne parivaar ke baare mein pucha ,per ush waqt usne mujhe kuch saaf jahir nahi kiya ,bahut kehne ke baad akhir mein usne ye batya ki abbu ko hospital lekar gaye ,kyunki unki tabiyat mere jaane ke baad bahut khrab ho gayi thi ishliye vo unhe vha lekar gaye hai , isse pehle mein kuch aur kehte ,mein vha seh bhagte -bhagte seedha hospital paucha , pata hai jab ush waqt ammi ko dekha na toh aandar seh meri ruhh marr chuk thi ,kyunki maine kabhi unhe ish kadar tutta hua nahi dekha ,unke aankheion mein aasyun nahi dekhe,unki lachari ,vo ush waqt mujheper ek aishe sitam dha rahe thhe ki mein cahh kar bhi unhe khud seh durr nahi kar sakta tha ,jurm toh kiya tha maine per ush ma ki aankheion ne ush waqt bhi mujhe doshi nahi maan ,na hee koi saja di meri mehfil mein ,bash ammi jaan sirf ek baat kahi ki tu kaisha hai ? tunne kuch khaya ki nahi ? kaha tha itne dino tak ? chal abbu seh mill le apne vo teri chinta kar rahe thhe ,maine unhe bola ki sameer aa jayega aap chinta matt karo ,phir bhi tere abbu mante hee nahi hai .....

ammi jaan ke lafzo ko sunte hee marr chuka tha mein aandar seh ,meri ruhh mujhe dhukkar rahi thi ,kuch kehne ke halat mein nahi tha per itna zarrora janta tha ki ish baar jish jurm ki sururaat maine ki hai vo mere hisse mein maut seh kaam nahi hai ,unhone toh haste hue gale laga liya mujhe per khud ke aandar jo qafas mujhe har baar marg ke kareeb lekar ja raha thi uska kya ?kaishe bola unhe ush waqt ki maff kar do ? manta hun bahut badi galti hui hai daat lo ,maar bhi lo ,per ish kadar ki baateion mere aandar meri insaniyat ko dhukaar rahi hai ,mein jee nahi payunga ish dard ko lekar ,aur na hee matrr sakte hun kyunki jo baateion apne mujseh kahi hai ,ushe mein kabhi bhul hee nahi payunga ,maine ush waqt kuch bhi nahi kaha bash abbu ke pass gaya aur unhe gale seh lagaya ,ush din do baat sikkhi thi hisse mein maine ,pehli ye ki apki shiddat aur apki mohabatt kqabhi ek jaishi nahi hoti ,aur agar galti seh bhi ye kahi ek jaishi ho gayi toh ek acche khasse saksh ko bhi barbaad kar deti hai ,mein ush din janta tha ki maine ush din khoya hai uske bawjood bhi mein apne sehar aur apne parivaar seh durr nahi gaya ,kyunki janta tha ki sham ki subha ek din liye bhale hee apni parchai chhod sakti hai per ek ma ki mamta apne bacche sath kabhi nahi chhodti ,en sab ke baad klaffi din lage ,kaffi ghariya beeti ,sambhalne ki riwayat kuch khass toh nahi thi per syad jo bhi thi nayaab thi aur mein usse khush tha ,janta tha ki mere rishte pehle jaiseh nahi ho sakte ,per itne bhi khrab nahi hue ki mein unhe dubara sambhal ,aabu ke theek hone ke baad lagbhag 2 mahine ke baad maine ek company join kar li ,aur kuch saal mein hee vha ke manager bhi bann gaya ,abbu aur ammi meri faroh ko dekh kar behad khush thhe aur meri jo tabusaam kho gayi kishi ke ishq mein vo phir seh vapas laut aayi ......

waiseh jish haqqeqat ko maine ko raheshya ki parcgai di hai vo koi aur nahi mere attet ki ek jhalak hai ,kyunki jish jagah per vo mujhe lekar gaye thhe ush jagah ki khasiyat toh nahi pata per apne ateet ko dekh kar hairaan tha ,kabhi socha nahi tha ki jish saksh mein un sab ke baad kabhi milna nahi cahta akhir vhi mujhe marne ke liye **NEPAL** aayegi ,isse phele mein usse kuch baateion karta maine bhagne ki koshish ki kishi bhi tarah seh , kyunki mein uski fidrat seh anjaan tha vo koi mamul ladki bilkul nahi thi jisse mein ush din mill nahi paaya ,per vo **DELHI** aayi thi mujhseh milna ,usne muhe dekha bhi tha ,usne ye saari baateion mujseh kahi ,per jish bharoshe ki riwayat 8 mahine pehle hee tutt chuki thi ,usse dubara mein kabhi waqif nahi hone cahta tha ,mein khud ko ush waqt kish tarah sambhal rha tha mein hee janta tha ,mere toh maann kar raha tha ki gala ghoot dun jisne meri duniya barbaad ki hai ,meri zindagi ,mere rishte aur mere har ek khwaab jisne rakh bana diya hai mein ushe kaishe chhod dun ? per lehze mein mohabatt thi aur ye ek aishi bewafa jo waqt dekh kar barbaad nahi karti kishi saksh ko ,isse pehle vo mujhe kuch baten ki koshish karti mein vha seh bhagne ki riwayat kar chuka tha ,per kismat bhi kuch khaas ranga nahi layi ,akhir kar kuch waqt mein hee mein phi seh pakda gaya per ishe baar unhone mere pau per goaliyan chali thi ,bo ishliye kyunki vo mujhe kaid kar ke rakhna cahte thhe ,per mein samajha nahi pa rha th kyun ? aur sayad ush waqt smajhne ke halat mein bhi nahi tha kyunki jab unhone gooliyan chali vo seedhe mere pau per aakar lagi aur dusri seene mein ? en sab ke baad kya hua ? mujhe kuch bhi nahi pata kyunki jish ahosh mein ush waqt mein kho chuka tha sayad usse laut paane mere liye itni jaldi laut bilkul mulajim nahi hai ? ........

akhir vo cahte kya thhe mujseh ?aur vo saksh hai kaun hai jisne pehle toh ki phir dhoke ki riwayata di aur aab mere kabr ke liye zameen ko kuch tukde mer naam kar raha hai ......

*""*

*"KI*
*EK TALAB*
*THI*
*JO WAQT*
*KE SATH*
*KHATAM*
*HO CHALI*
*HAI*
*AUR*
*JINSE*
*BE-SHUMAAR*
*MOHABATT*
*THI MUJHE*
*VO TOH*
*MERE KABR*
*PER*
*AAJ*
*APNI*
*BARAT*
*LEKAR*
*AAYI HAI ....."*